久美《くみ》は二年生《にねんせい》

白《しろ》いブランコがゆれて

松本《まつもと》 梨江《りえ》・作《さく》
西《にし》 真里子《まりこ》・絵《え》

久美《くみ》には、学校《がっこう》が休《やす》みの日《ひ》にだけ、朝《あさ》の公園《こうえん》であえる友《とも》だちがいます。

そのひとは、おじいさんです。

おじいさんに、はじめて、であったのは、二月《にがつ》はじめの、さむい朝《あさ》。家《いえ》のまえのさくら公園《こうえん》で、久美《くみ》がひとりブランコでゆれているときでした。

やきゅうぼうをかぶったおじいさんが、久美《くみ》にむかって、まっすぐ近《ちか》づいてきました。

「おはよう！　さんぽのかえりに、

じょうちゃんをみかけるたび、遠《とお》くにくらしてる二年生《にねんせい》のまごを思《おも》いだしてね。まごも、ブランコがだいすきなんだよ。

おっと、ごめんなさい。ぼくは桜《さくら》木《ぎ》三《さん》ちょうめにすんでる林《はやし》大助《だいすけ》。よろしく」

おじいさんはぼうしをとって、ふさふさのしらが頭《あたま》を、ていねいにさげました。

それから、となりのブランコにこしかけました。

久美《くみ》はどきんとしたまま、おじいさんをみつめていました。

久美《くみ》がようちえんのとき、びょうきでなくなったおじいちゃんに、そっくりだったのです。

たれ目《め》で、右《みぎ》のまゆげの上《うえ》に大《おお》きなほくろがあって、一年《いちねん》じゅうやきゅうぼうしか、かぶらなかったおじいちゃん。

久美《くみ》のおじいちゃんは、ぼうず頭《あたま》だったけれど、ぼうしをかぶっていたら、まちがえてしまいそう。

遠《とお》い町《まち》から、たずねてくるたびに、このブランコで、いっしょに遊《あそ》んでくれた、だいすきなおじいちゃんでした。

となりのブランコにこしかけたおじいさんが、すこし首《くび》をかしげて、久美《くみ》をみています。

久美《くみ》ははずかしかったけれど、あいさつしました。

「わたしも二年生《にねんせい》。山村久美《やまむらくみ》です。ブランコだいすき。おうちはあそこ」

久美《くみ》は、公園《こうえん》のまえの、小高《こだか》いところにたっているいえをゆびさしました。

ベランダでせんたくものをほしていた母《かあ》さんが、ふたりにむかって手《て》をふりました。

「やあ、やさしい色《いろ》のサザンカだね。ぼくのうちのは白《しろ》……。ピンクもいいなあ」

おじいさんが母《かあ》さんにむかってかるく頭《あたま》をさげました。

「母《かあ》さんのいちばんお気《き》にいりの木《き》なの」

おじいさんはくしゃっとわらって、大《おお》きくうなずくと、うわぎのポケットから、ぎんいろのハーモニカをとりだしました。

「久美《くみ》ちゃんに、一《いっ》きょくごあいさつです」

まじめな顔《かお》でいいました。

目《め》をとじてふきはじめたのは、久美《くみ》もしっている『春《はる》よこい』でした。

おじいさんはふきおわると、ひらりと手《て》をあげて、

「久美《くみ》ちゃん、じゃあまた！」

と、いそぎ足《あし》で公園《こうえん》からでていきました。

久美《くみ》はなんにもいえずに、おじいさんのうしろすがたをみおくりました。

おじいさんがこしかけていたブランコが、しばらくゆれていました。

団地《だんち》の中《なか》のさくら公園《こうえん》は、五本《ごほん》のさくらの木《き》にかこまれています。

木《き》の下《した》にベンチが一《ひと》つずつ。ブランコが二《ふた》つに、すべり台《だい》が一《ひと》つ。

それだけの小《ちい》さな公園《こうえん》です。

きんじょには小《ちい》さな子《こ》どもがいないので、ブランコは、久美《くみ》のひとりじめ。

でも、夕方《ゆうがた》になると、カラスもねこも、ブランコで遊《あそ》んでいます。

「いっしょに遊《あそ》ぼ！」って、とんでいきたいのを、ぐっとがまんしながら、このごろは、まどからみ

ています。なんかいもためしてみたけれど、カラスにもねこにも、にげられてばかり。久美《くみ》の気持《きも》ちがつうじないのです。

おじいさんにあえるようになってから、おねぼうの久美《くみ》が早《はや》おきになりました。

「おっ、早《はや》いな。そうか、おじいちゃんとデートの日《ひ》か！」

父《とう》さんにからかわれながら、朝《あさ》ごはんのまえに、スキップで公園《こうえん》にむかいます。

ブランコでゆれながら、さんぽがえりのおじいさんを、わくわくしながらまっていました。

久美《くみ》は、おじいさんのことを、心《こころ》のなかで大《おお》きな友《とも》だちと思《おも》っています。

二《に》かいめか、三《さん》かいめにあったとき、おじいさんにいわれたのです。

「久美《くみ》ちゃんは、ぼくの小《ちい》さな友《とも》だち。久美《くみ》ちゃんにあえると、元気《げんき》がわいてくるんだよ」

久美《くみ》はびっくりして、きゅうにむねが、どきどきしました。

久美《くみ》のなくなったおじいちゃんも、

遊《あそ》びにきてくれるたびに、

「――久美《くみ》に元気《げんき》をもらいにきたぞ!」っていってたからです。

(顔《かお》もにてるけど、おんなじこといってる)

久美《くみ》が目《め》をまるくしながら、おもいだしていると、

「あ、わるいこといったかな?」

おじいさんがしんぱいそうにたずねました。

久美《くみ》はつよく、首《くび》をふりました。

そのときから、（――だったら、おじいちゃんは、わたしの大《おお》きな友《とも》だちね）と、きめたのです。

おじいさんはいつも、早《はや》あしで近《ちか》づいてきます。

久美《くみ》は、おじいさんのすがたをみなくても、足《あし》おとをききわけることができるように、なりました。

けれど、わざと気《き》がつかないふりをして、目《め》をつぶっていることもあります。

すると、おじいさんは久美《くみ》のうしろからそっとブランコをゆらしながら、

「コケコッコー、久美《くみ》ちゃん、朝《あさ》ですよう」

と、ふざけました。

　久美《くみ》はブランコを大《おお》きくゆらしながら、声《こえ》をあげてわらいました。

　おじいさんはとなりのブランコにこしかけると、かならず「では――」といって、目《め》をとじ、ハーモニカをふきはじめます。

　久美《くみ》のしってる歌《うた》も、しらない歌《うた》もありました。知《し》ってる歌《うた》は、いっしょにうたいました。

さいごにふくのは、いつも『白《しろ》いブランコ』。

『白《しろ》いブランコ』は、おじいさんのおくさん、ノブさんのだいすきな歌《うた》。

ノブさんは、もう長《なが》いあいだにゅういんしているのだと、おじいさんが話《はな》してくれました。

「ねむってることがおおいけどね、『白《しろ》いブランコ』をふくと、ときどき、わらってくれるんだよ」

まいにち、あいにいくノブさんのことを話《はな》すとき、おじいさんのたれ目《め》は、うんとやさしくなりました。

『白《しろ》いブランコ』をふきおわると、

「じゃあ、また！」

「またねぇ！」

あくしゅをして、さよならです。

ひとりのこされた久美《くみ》は、しばらくのあいだ、ブランコで遊《あそ》んでから、はしってかえりました。

今朝も、久美《くみ》はブランコでゆれながら、おじいさんを、いまかいまかと、まっていました。

ひざの上《うえ》の小《ちい》さなつつみは、おじいさんへのプレゼント。

夕《ゆう》べ、母《かあ》さんといっしょにやいた、クッキーです。

すっかり、まちくたびれて、おなかもぺこぺこ。

久美《くみ》がもうがまんできなくなって、立《た》ちあがったとき、やっと、おじいさんがあらわれました。

「あ、おじいちゃーん、おかえりなさーい」

久美《くみ》は大《おお》きな声《こえ》で、むかえました。

すこしまえかがみで、ゆっくり近《ちか》づいてきたおじいさんは、だまってブランコにこしかけました。

そして、ふーっと、大《おお》きないきをはきました。

ブランコがゆれました。

なんだか、いつものおじいさんとは、ようすがちがいます。
そばに立《た》っている久美《くみ》をみようともしないで、ぼーっとしています。
久美《くみ》がときどき、いたずら心《ごころ》で、気《き》づかないふりを、するように、おじいさんも、

しらんぷりをしているのかなと、おもいました。

久美《くみ》はおじいさんに顔《かお》をよせて、

「おじいちゃん！　おはようございますっ」

と、よびかけました。

「――はい。おじょうちゃん……」

おじいさんは、元気《げんき》のない声《こえ》で、へんじをすると、久美《くみ》をさけるように立《た》ちあがって、しまいました。

「おじい……」

いいかけた久美《くみ》をふりむきもしないで、はなれていきました。

いつもふいてくれるハーモニカもポケットにいれたまま、「じゃあ、また！」のあくしゅもなしでした。

（わたしのこと、おじょうちゃんって……）

久美《くみ》はわたせなかったクッキーのつつみをにぎりしめて、うごけませんでした。

おじいさんのうしろすがたが、ゆらり、ゆらりと、遠《とお》ざかっていきました。

公園《こうえん》のさくらのつぼみが、ふくらみはじめています。

うれしい春休《はるやす》みです。

学校《がっこう》はまいにちお休《やす》み。きのうも、今日《きょう》も、久美《くみ》は、（おじいちゃんにあえますように！）と、ねがいながら、ブランコでまっていました。

一日《いちにち》に、なんかいも、ブランコにこしかけているのに、まちぼうけの日《ひ》がつづいていました。

今日《きょう》は朝《あさ》から三《さん》かいめ。

まちくたびれて、ブランコをゆらしていると、家《いえ》のほうから、母《かあ》さんのよんでいる声《こえ》がきこえてきました。

走《はし》って家《いえ》にかえると、母《かあ》さんが、久美《くみ》のだいすきなアップルパイを、きりわけながらいいま

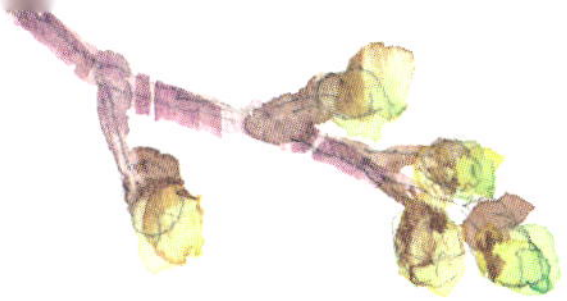

した。

「春《はる》ですもの。旅行《りょこう》に、おでかけかもね」

「うん。ノブばあちゃんの病気《びょうき》がよくなって、遠《とお》くにすんでる明子《めいこ》ちゃんに、あいにいったのかなあ……」

　おじいさんのケイタイでんわで、みせてもらった、まごの明子《めいこ》ちゃんのわらっている顔《かお》をおもいうかべました。

　すると、明子《めいこ》ちゃんが、うらやましくなりました。

　さびしい気持《きも》ちがふくらんで、なみだがでそうに……。久美《くみ》はいそいで、アップルパイを口《くち》いっぱいに、ほおばりました。

ふくらんだほおのうえを、なみだがすべりおちました。

だいすきなアップルパイも、ひとくちたべただけで、フォークとナイフをおきました。

母《かあ》さんが、ゆっくりこうちゃをのみながら、久美《くみ》をみつめています。

久美《くみ》は、母《かあ》さんのなにかいいたそうな顔《かお》に気《き》がついて、いそいでいいました。

「あのね、あのね……、おじいちゃんはもう久美《くみ》のこと、わすれたのかもしれない……」

するど、またなみだがあふれてきました。

「ね、林《はやし》さん三《さん》ちょうめよね。いってみようか。

ちょっと、気《き》になるの……」

母《かあ》さんはないしょばなしをするように、声《こえ》をひそめました。

久美《くみ》はこくんと、大《おお》きくうなずき、さっとなみだをふきました。

「ナツ子《こ》さんみたいなことだって……」

母《かあ》さんはひとりごとを、つぶやきながら、アップルパイを、アルミホイルと花《はな》もようの紙《かみ》につつんでいます。

久美《くみ》は母《かあ》さんのひとりごとに、はっとして、むねがどきんとなりました。

きょねんの秋《あき》のおわりの朝《あさ》のことでした。

となりの、ひとりぐらしのナツ子《こ》ばあちゃんが、うらの花《はな》ばたけでたおれていたのです。

きったばかりの、キクの花《はな》を手《て》にもったままでした。

ごみだしにでた母《かあ》さんが気《き》がついて、きゅうきゅう車《しゃ》をよびました。

ナツ子《こ》ばあちゃんは、いまもにゅういんちゅうです。

久美《くみ》と母《かあ》さんは、アップルパイのおみやげをもって、三《さん》ちょうめの林《はやし》大助《だいすけ》さんの家《いえ》をさがしにいくことにしました。

ここは一《いっ》ちょうめ。三《さん》ちょうめは、ゆうびんきょくのまえをまっすぐ、坂《さか》の上《うえ》です。

久美《くみ》はまだいったことがありません。

「おじいちゃんの家《いえ》、みつかるかなあ」

「みつけよう」
久美《くみ》は母《かあ》さんと手《て》を
つなぎました。

三《さん》ちょうめをめざして、さくらなみきのゆるやかな坂道《さかみち》をいそぎました。

パン屋《や》さんと花屋《はなや》さんのまえを通《とお》りすぎたとき、

「このあたり、三《さん》ちょうめ……」

母《かあ》さんが、かどの大《おお》きな家《いえ》のブロックべいをゆびさしました。

「あっ、ここ、林《はやし》さん!」

また母《かあ》さんが、声《こえ》をはりあげました。

久美《くみ》はどきどきして、母《かあ》さんの手《て》をぎゅっと、にぎりしめました。

庭《にわ》には、たくさんの木《き》がしげっていて、ひっそりとしています。

母《かあ》さんは、久美《くみ》にこくんとうなずいて、門《もん》のわきにあるチャイムをおしました。

家《いえ》のなかからはへんじはなく、しんとしずかです。

「ごめんくださーい」

母《かあ》さんが庭《にわ》にむかって、声《こえ》をはりあげました。

するとふいに、

「そこは、ずっとあきやですよ」

と、うしろから声《こえ》をかけられました。

ふりかえると、大《おお》きな紙《かみ》ぶくろをさげた、おばさんが立《た》っていました。

「あの……、林大助《はやしだいすけ》さんのおたくでは？……」

母《かあ》さんが早口《はやくち》でたずねました。

「さあ……」

「おじいさんですけど……いつもやきゅうぼうをかぶってる……」

「うちがこしてきた、二年《にねん》まえから、あきやだったと……」

おばさんは、それだけいうと、さっさといってしまいました。

「だったら、林《はやし》大《だい》助《すけ》さんのおうちではないってことになるわね」

母《かあ》さんがにこっとしました。

「え？　どうして、母《かあ》さんわかるの」

「まあ、久美《くみ》ったら、あきれた！　つい、このあいだまで、林《はやし》さんとあってたのに。ね、そうでしょ？」

くびをかしげた母《かあ》さんの目《め》が、わらっています。

「あ、うん、ここは、おじいちゃんとはちがう林《はやし》さんのおうちだ！」

久美《くみ》はおもわず、ぴょんと、とびはねました。

久美《くみ》と母《かあ》さんは、大《おお》きくうなずきあって、あるきだしました。

道《みち》のりょうがわの家《いえ》のひょうさつをたしかめながら、しばらくあるいたとき、

「あ、母《かあ》さん、あの白《しろ》い花《はな》……」

道《みち》からひとすじおくに入《はい》った家《いえ》のにわに、白《しろ》い花《はな》がみえました。

花《はな》のかたちが、久美《くみ》のうちのサザンカに、にています。

久美《くみ》はその家《いえ》にむかって、かけだしました。

母《かあ》さんもおいかけてきます。

「ここ、ここ、きっと、おじいちゃんのうちだよ。ね、この花《はな》、サザンカでしょ?」

久美《くみ》はかきねごしにみえる白《しろ》い花《はな》をゆびさし、門《もん》のひょうさつをゆびさし、こうふんしてさけびました。

「サザンカだけど、ね、どういうこと?」

母《かあ》さんが、花《はな》いっぱいの木《き》をみあげています。

「あのね、おじいちゃんがいったの。はじめて、あったとき、うちのサザンカをみて、ぼくのところは、白《しろ》いサザンカだって」

「そうだったの。うん、きっとここね。チャイムおしてごらん」

母《かあ》さんにいわれて、久美《くみ》はどきどきはんぶん、わくわくはんぶんの、むねを、そっとおさえて、チャイムにゆびをのばしました。

（やあ、久美《くみ》ちゃん！　よくここがわかったね）

と、おじいさんが、げんかんからでてくるような気《き》がします。

でも家《いえ》の中《なか》から、へんじはありません。げんかんのドアもしまったままです。

「おるすのようね。だけど、しんぶんも、ゆうびんぶつもたまってないし、だいじょ

うぶ……」

「だいじょうぶって？」

久美《くみ》は、母《かあ》さんをふりかえりました。

「しんぶんや手紙《てがみ》があふれてたら、しんぱいでしょう。うけとれないってことだもの」

母《かあ》さんが、ゆうびん受《う》けのはこを、ゆびさし、せのびしてにわのほうをみわたしました。

「そうか、やっぱり、明子《めいこ》ちゃんのところにいってるんだね。しんぶんおやすみにして」

「きっと、そうね」

久美《くみ》と母《かあ》さんは、さくらなみきのくだり坂《ざか》をゆっくり、あるいてかえりました。

おじいさんは明子《めいこ》ちゃんのところから、まだかえっていないのか、あえない日《ひ》がつづいていました。

そんなある日《ひ》。

母《かあ》さんは、ようじがあって、朝《あさ》からでかけていました。

久美《くみ》はるすばんです。まちくたびれ、さびしくなって、きゅうに、ブランコがこぎたくなりました。

げんかんのドアにかぎをかけて、公園《こうえん》をみおろした久美《くみ》は、はっとしました。

「あっ、おじいちゃんだっ」

さくらの木《き》の下《した》のベンチに、やきゅうぼうをかぶったおじいさんが、すわっていたのです。

久美《くみ》は走《はし》ってはしって――、

「おじい……」

久美《くみ》はベンチのてまえで、立《た》ちどまってしまいました。

おじいさんのようすが、へんです。

もこもこの毛糸《けいと》のカーディガンに、首《くび》にマフラーをまき、さむい冬《ふゆ》のかっこうをしています。

かたをすぼめたおじいさんは、なんだかとても小《ちい》さくみえました。

久美《くみ》がすぐ近《ちか》くに立《た》っているのに、気《き》がついてもくれません。

（――にてるけど、しわしわの顔《かお》……ちがうひとかなあ。でも、いつものやきゅうぼうかぶってるし……）

久美《くみ》がどきどきしながら、首《くび》をかしげているると、そのおじいさんが、カーディガンのポケットから、ハーモニカをとりだし、口《くち》もとにもっていきました。

ぎんいろのハーモニカが、きらり光《ひか》りました。

ふきはじめたのは、『白《しろ》いブランコ』――

（やっぱり、やっぱりおじいちゃんだっ）

久美《くみ》はおじいさんに、かけよりました。

まゆげのうえのほくろも、ちゃんとあります。

「おじいちゃん！　わたし、ずーっと、おじいちゃんをまってたの。さびしかったよう」

久美《くみ》は、おじいさんをゆさぶりました。

すると、おじいさんは目《め》をみはって、やさしい声《こえ》でこたえました。

「どうした？　明子《めいこ》、べそかいたりして。おじいちゃんは、どこにもいかないよ。ハーモニカふいているだけ」

「おじいちゃん、わたし、久美《くみ》。明子《めいこ》ちゃんじゃないよっ」

久美《くみ》は声《こえ》をはりあげました。

久美《くみ》とおじいさんは、ひたとみつめあいました。

「――久美《くみ》ちゃん……よしよし」

おじいさんがハーモニカを手《て》にしたまま久美《くみ》をだきよせました。

そのとき、

「おじいちゃーん、みーつけた」

大《おお》きな声《こえ》が近《ちか》づいてきました。

（え？　明子《めいこ》ちゃん？）

久美《くみ》ははっとして、ふりむきました。

「もう、さがしたよう。やっぱり、公園《こうえん》だったね。そのひと、久美《くみ》ちゃんでしょ」

かけよってきた女《おんな》のこが、いきをはずませていいました。

「明子《めいこ》ちゃん……」

「どうして、わたしのことをしってるの？」

「しゃしんみせてもらったの。ね、おじいちゃん」

久美《くみ》が、おじいさんのうでのなかで、あま

えるようにこたえると、明子《めいこ》ちゃんも、おじいさんのせなかにだきついて、いいました。

「久美《くみ》ちゃんが、おじいちゃんの小《ちい》さな友《とも》だちだってこと、ちゃーんとしってるんだから。ブランコ、すきでしょ。いつも、でんわできいてたよ。ね、おじいちゃん」

「わたしも、しってるもん。明子《めいこ》ちゃんが、ブランコだいすきだってこと」

　ふたりは、おじいさんをまんなかにして、ふふっ、ふふふっと、わらってしまいました。

　おじいさんが、久美《くみ》のせなかを、かるく、ぽんぽんと、たたいてくれました。

久美《くみ》と明子《めいこ》ちゃんは、ならんでブランコにこしかけました。

「あのね、おばあちゃんが死《し》んじゃったの。

おじいちゃんとおばあちゃん、とっても、なかよしさんだったから、おじいちゃんショックがつよすぎたんだって、ママがいってる。

おじいちゃんね、ときどき〈わすれんぼさん〉になるんだ。しんぱいだから、ママとわたしだけ、さきにひっこしてきたの。

わたし、さよならしたくない友《とも》だちがいたんだけど……」

明子《めいこ》ちゃんはすこし早《はや》くちで、はなしおわると、すっくと立《た》ちあがって、ブランコをこぎはじめました。

「おじいちゃん、たいへんだったんだね。

わたし、しらなかったの……」

久美《くみ》は、ベンチのおじいさんをまっすぐみて、つぶやきました。

おじいさんが目《め》をとじて、ハーモニカを、ふきはじめました。

久美《くみ》もおぼえてしまった『白《しろ》いブランコ』が、三人《さんにん》だけの公園《こうえん》にながれはじめました。

「久美《くみ》ちゃん、いっしょのクラスになれるといいね」

高《たか》いところから、明子《めいこ》ちゃんの声《こえ》が聞《き》こえました。

「なれるといいね」

久美《くみ》はこたえながら、とつぜんあらわれた明子《めいこ》ちゃんに、こころがゆれていました。

これからは、おじいさんをひとりじめできないさびしさを、けとばすように、からだをかがめ、のばし、かがめ、のばし、高《たか》くたかくブランコをこぎつづけました。

「春よこい」

作詩／相馬御風・作曲／弘田龍太郎

「白いブランコ」

唄／ビリー・バンバン・作詩／小平なほみ・作曲／菅原進

松本　梨江（まつもと　りえ）・作

旧満州生まれ。福岡県在住。日本児童文学者協会会員。
「小さい旗の会」同人。作品「おまつりの日のさようなら」
「おばあちゃんの変身」「るすばんおばけ」「らっしゃい！」他

西　真里子（にし　まりこ）・絵

旭川市生まれ。一水会会員、日展に入選。
著書「深沢紅子先生のけもない話」銀の鈴社
ホームページ　http://www.mari-n.com

NDC 726
神奈川　銀の鈴社　2018
48頁　18.8cm（久美は二年生 白いブランコがゆれて）

銀鈴・絵ものがたり　2018年12月25日初版発行
本体1,200円＋税

久美は二年生 白いブランコがゆれて

著　　者　松本梨江©　絵・西 真里子©
発 行 者　柴崎聡・西野真由美
編集発行　㈱銀の鈴社 TEL 0467-61-1930　FAX 0467-61-1931
〒248-0017　神奈川県鎌倉市佐助1-10-22 佐助庵
http://www.ginsuzu.com
E-mail info@ginsuzu.com

ISBN978-4-86618-056-4 C8093
落丁・乱丁本はお取り替え致します

印　刷　電算印刷
製　本　渋谷文泉閣